cidade de curitibas

Kotter Editorial

editor
Marcos Pamplona

coordenação editorial
Sálvio Nienkötter

capa e projeto gráfico
Maria Luiza de Carvalho Rodrigues
a partir de layout original de Marcelo de Angelis

imagens
de Marcelo De Angelis sob curadoria de Ricardo Pozzo

produção
Cristiane Nienkötter
Raul K. Souza

Dados Internacionais de Catalogação na Publicação (CIP)
Angelica Ilacqua CRB-8/7057

Angelis, Marcelo de
Cidade de Curitibas / Marcelo de Angelis.
Curitiba : Kotter Editorial, 2019.
90 p.

ISBN 978-65-80103-21-8

1. Poesia brasileira I. Título

CDD B869.1

19-0667

Kotter Editorial
Rua das Cerejeiras, 194
82700-510 | Curitiba/PR
+55 41 3585-5161
www.kotter.com.br | contato@kotter.com.br

cidade de curitibas

marcelo de angelis

prefácio

Por quase trinta anos caminhei com Marcelo de Angelis pelas ruas de Curitiba. Começamos nossa peregrinação no final dos anos 80 e fomos traçando com os pés o mapa difuso da cidade de cada um. Íamos atrás de eventos literários, de vinho, de amigos, de mulheres, de poesia, de embates, de algo fora do condomínio da mentalidade provinciana. Com o passar do tempo, fomos percebendo que não nos importava tanto chegar a algum lugar. Antes, queríamos o caminho, as conversas intermináveis, o barato da busca sem a adversidade da conclusão ("Só amamos aquilo que não possuímos por inteiro", escreveu ele um dia). Arriscávamos palavras, sabendo que as coisas jamais se deixariam reduzir às máscaras verbais que produzíamos para elas. Nossa troca de ideias, naqueles papos móveis pelo Largo da Ordem ou pela Augusto Stelfeld madrugada adentro, ganhava o sabor mais sutil de um jogo de aproximações e distâncias. O jogo estava perdido *a priori*, claro, mas não o prazer de jogar.

Ele já falava dessa ludicidade rumo a uma espécie de luz que não vem da clareza, na apresentação de seus trabalhos poéticos na web (marcelodeangelis.wordpress.com):

"O poeta procura desenhos dentro da palavra. Estabelece encontros sonoros, tateia sensibilidades e calcula distâncias. Em seus lampejos, mais propõe esquecimentos do que visões."

Exatamente assim fomos nos dizendo e nos esquecendo pelos caminhos da cidade, ano após ano. Nós dois mudávamos, os amigos mudavam, a cidade mudava, sempre se podia sentir algum agradável estranhamento, um certo frescor se miscuindo ao bodum da febre urbana. Talvez por isso, por viver essa condição mutante com renovado espanto, seguimos por aí falando de Gogol e Gilda e contracultura até que ele completasse sessenta anos e partisse no meio de uma frase qualquer.

Dessas andanças comigo e com tantos outros amigos e amigas, do seu diálogo silencioso com a "cidade modelo&atriz", Marcelo tirou um pequeno livro que não chegou a publicar em vida, este Cidade de Curitibas. A obra estava pronta para edição, num arquivo que Salvio Nienkotter, Ricardo Pozzo, Dedé Marino e eu resgatamos de seu computador, emocionados e decididos a publicá-lo. Por suas páginas vamos esbarrar no Vampiro, no cavalo babão, nas putas da Cruz Machado, no macaco punheteiro do Passeio Público, reencontrar Leminski, provar as contradições excruciantes da cidade que "bate panela / e no shopping

definha" enquanto risca o horizonte "o mergulho vertical do suicida. É um passeio nada turístico pela metrópole desigual e centrífuga que, a depender do poeta, um dia irá explodir numa metáfora de 57 megatons e milhares de subtons.

Cidade de Curitibas, como as hipóteses que eram lançadas por nós no ar fumacento do BarBaran, não pretende deter ou reter a urbe entre suas malhas verbais. O autor sabe que a cidade sempre lhe escapa, que ela é plural, líquida, excludente. Mas vai trazendo à tona como pode as várias faces de Curitiba, com espírito aberto e atento, como no poema que dá nome ao livro:

[...]
uma que nem sempre
    outra que só de repente
uma que entrando na dança
    outra que fazendo o favor
uma que esperando Godot
    outra que tocando o terror
uma que qualquer semelhança
    outra que mera coincidência
uma que escancara
    outra que esconjura
Curitiba mesmo são muitas,
eu pouco.

O traçado desta cidade poética que está em suas mãos é o traçado de um rosto, da memória de muitos rostos, de uma acuidade, de uma época. Ele reafirma que a cidade só existe para o homem e através do homem, ao contrário do que quer nos fazer pensar sua geometria de pedra e vidro percorrida por unidades policiais. Cidade de Curitibas é a dimensão humana da urbe que não aparece nos projetos do futuro. Convidamos você a viajar por ela.

De Angelis nos deixou de maneira brusca. Partiu para longe do tumulto das cidades que o habitavam, foi morar no silêncio. Esta desaparição súbita me fez provar, para além de uma imensa tristeza, o sabor tênue de uma vitória sobre os fatos banais da biografia. Meu amigo ainda caminha comigo e me conta que a conversa jamais será interrompida. Alguém saiu do bar, ele diz, a casa está cheia e a poesia vibra como os copos que estalam na mesa, esta mesa sempre aberta aos jogos perpétuos da literatura e da vida.

Marcos Pamplona

Domingueira curitibana: vestir a melhor roupa, como se fosse para festa. Em vez disso, refugiar-se no cemitério. Ver o que resta.

Em Curitiba todo mundo é sério, menos nós.
Num o nada e o nada num.
Viver, ao menos, a filosofia.

Chove muito em Curitiba. Em dias de sol, ataco
de Leminski, aquele da mentalidade depravada.
E do vizinho, incorporo a sexualidade de privada.

Curitiba, eu vim de longe e continuas distante.
Eremita urbano reiterado pela poesia,
meu psicanalista acha que estou melhor.
De qualquer forma, sou míope e desocupado.

Curitiba, minha cara Curitiba, sinto o arfar
de tua respiração ofegante por detrás de cortinas
e retábulos. Tua face, esculpida e escarrada,
já se advinha: é a minha.

um poema para Curitiba diria

Teu rosto!

modesto, o curitibano vem e lê:

Teu cu!

o curitibano

Um olhar mais atento sobre o tão falado curitibano e descobrimos que ele não está em lugar algum, não faz parte de nada em particular, não se detém nessa ou naquela definição. Ao mesmo tempo, não é eclético e sempre terá olhos para si mesmo e seus poucos eleitos, aquilo e aqueles onde se reconhece. Embora conservador por natureza, tem arroubos de modernidade e oscila com facilidade entre a discrição e a notabilidade, o sensual e o platônico.
Daí parecer, por momentos, arredio e, em outros, bastante acolhedor. Nem brasileiro nem europeu, o curitibano é um mulato da alma. Se busca a riqueza, é menos por ousadia do que por medo de ficar só. Se é a fama que cobiça, não será a que constrange amigos, mas a que abre portas e oferece abrigo. Em Curitiba, o fracasso sempre poderá ser esquecido. Já o sucesso, esse jamais será perdoado.

as quatro estações

Vivaldino como ele só, o clima em Curitiba é cheio de manhas e artimanhas. Espécie de fluxo de consciência, é a permanente hesitação entre ação e sentido, uma ficção retórica na forma de vento, frio, chuva e sol a um só tempo, mantém autêntica fricção entre remoto e absoluto. Como num poema onde a associação inesperada e improvável de duas imagens opostas ou distantes...
Fosse peça de música, seria uma sinfonia dodecafônica, dessas que... (continua) espirro tosse gripe sinusite (continua) Verão e inverno num contaponto crescente por vezes denso, por vezes tênue, quase sempre tenso exigindo uma atenção concentrada para que não se perca o próximo acorde.

cidade sorriso

– Diaba desgracida, das calçadas esburacadas, dos piás de prédio, dos templos universais, do Bom Retiro sem descanso; que fim levaram teus lambrequins, tuas polaquinhas de faces coradas e coxas fosforescentes? O doido vocifera a plenos pulmões, braços erguidos, barba de uma semana, quase cospe fora os poucos dentes que restam. – Que fim levaram as solteironas à janela, a broinha de fubá mimoso, a sopa de bucho no Amarelinho? Nisso, passa o Maringas Maciel. Vê a cena e com um meneio de mãos, sem erguer o braço nem apontar o olho, dispara a foto. No enquadramento improvisado, só a mão do louco, dedos curvados como se catassem pedaço de céu, ao fundo, o relógio da praça Osório marca implacável seis horas em ponto.

– Onde o teu rio Belém, dos quintais alagados, dos sapatos enlameados, dos moleques atrás de lambaris de rabo vermelho... O homem percebe o fotógrafo, que se prepara pra mais uma, desta vez, câmera na mira:

– Cidade linda e amorosa/ da terra de Guairacá/ Jardim de luz, cheio de rosa/ Capital do Paraná!

o sonho freguesia

olhaí freguesia
é o carro
do sonho que está passando
é o sonho
bem fresquinho
sonhos de nata
creme
doce de leite
chocolate
goiaba o sonho
freguesia
olhaí freguesia
é o carro
do sonho que está passando
é o sonho
bem fresquinho
sonhos de nata
creme
doce de leite
chocolate
goiaba o sonho
freguesia
olhaí freguesia

é o carro
do sonho que está passando
é o sonho
bem fresquinho
sonhos de nata
creme
doce de leite
chocolate
goiaba o sonho
freguesia
olhaí freguesia
é o carro
do sonho que está passando
é o sonho
bem fresquinho
sonhos de nata
creme
doce de leite
chocolate
goiaba o sonho
frcgucsia
olhaí freguesia
é o carro
do sonho que está passando
é o sonho
bem fresquinho

sonhos de nata
creme
doce de leite
chocolate
goiaba o sonho
freguesia
olhaí freguesia
é o carro
do sonho que está passando...

triângulo

João e Maria.
Residência fixa no Juvevê.
Ele, vidraceiro.
Ela, do lar.
Joaquim, primo da mulher, bigodinho de galã,
faz uns bicos como garçom e dá as caras vez em quando.
Os dois sempre de cochichos.
João faz que não vê, mas se morde às escondidas.

Não gosto quando ele vem, Maria.
Bobagem, João. Me distrai da lida.
Conta histórias. Me faz rir.

Um dia, sem mais nem porquê,
João chega em casa mais cedo.
Maria no quintal estendendo a roupa.
Joaquim sentado na escada, pitando sem camisa
de olho pro céu, em pleno veranico de maio.
É o calor, compadre.

João entra em casa sem dizer palavra.
Volta com o 32 na mão, WD 40, pano e escovinha.
O compadre tem uma arma?
Ganhei no carteado. Vez em quando é bom limpar.
Conserva. E a gente nunca sabe quando pode precisar.

Azeita o revólver e passa o pano.
Maria espicha o olho, mas não diz nada.
João coloca uma bala no tambor.
Roda e roda de novo.
Põe mais outra e roda mais uma vez.
Gosto do barulhinho, diz.
Soa que nem fosse as engrenagens do mundo.
Tudo regulado e nos conformes.

Mais uma bala no tambor.
Roda mais uma vez, agora perto do ouvido do outro.
A orelha de Joaquim eriçada.
O arrepio na espinha.

O herói anuncia que está de despedida.
João diz que fique, nessa casa se não tem janta
tem canja. E onde comem dois, comem três. Não é assim?
Agradeço, mas não posso.
E por que não? O primo já é de casa.
E quem não tem hora pra chegar,
também não tem hora pra partir.
Arranjei trabalho. Começo hoje mesmo.
Onde?
No Boqueirão.
Uma pernada. Acaba que se muda
praquelas bandas.
Pois acho que vai ser.

Joaquim, a camisa já secou.
A mancha saiu. Só vestir.
Obrigado, Maria.
Foi o molho de macarrão de ontem. Difícil de tirar.

Maria ajeita a gravatinha borboleta.

Compadre, vou indo que é hora.
Que vá pela sombra.

Tchau Maria.
Vai com Deus, primo.

Mais tarde:

Maria, depois da janta, vamos sair.
Bailar um pouco. Pode usar batom e decote.
Saltinho alto também?
Também. Mas saia curta e justa nem pensar.

reminski

Monos se penteando&masturbando em asseio público a lançar bravatas; samurais de quimono e gravata tropicando no haikai; monólogos sitos no centro de um circunlóquio de araras&arapongas,
a algaravia geral. Curitiba classe média, deleite batavo. Iogues comedidos comeditando pierogues. Blogues premeditados em cirílico arcaico transcriados para o alfabetobatata e impressos em acrílico vegetal: é desvendada a canabisbenta do segredo patriárquico. A catuaba afro-dionisíaca,
o catarro escarrado, o cataplasma sobre o cataclisma,
o trocadilho sob o aforismo, o catatau descartando a nação
e a noção de Nassau sobre o mundo. Foi vão, deu vau a farsóbvia de Fartichevsky.

Tratados&estratagemas de zukodovo&poema: varíolas de cores, pústulas, odores: alguém tem que carregar a cruz do Pilarzinho! A minha a levo no peito. Cartésius Catalépticus. Tal o ator – cuja máscara encobre a vergonha da face – mascarado penetro o teatro da urbe! Dubito, ergo cogito, ergo sum... puisque je doute, je pense; puisque je pense, j'existe. A duras penas, cogito: e se a palavra não é de mármore, de

granito é meu grito. Avis Rara nós que, imposta homenagem póstuma, batizamos não uma pedra, mas uma pedreira. Quanto a isso, nada a declarar. E o nada, espeto aqui, é o maior espetáculo da Terra. Viver é ofício severo. Como erigir igrejas senão à custa de heresias mútuas? Dum spiro, spero, arroto e aborto 4x: pompom com protex, estricnina o nenê e o verbatim. Ars oblonga, vita brevis. Vai por mim, disse Artischelvis, a arte está sempre certa! Por tal, estimados são os mestres.

Quando chegar nossa hora, estarrecidos, lá estaremos. Ébrios, mas em pé. Perneta, quando pulo, pululo de trás pra radiante. Pois que, a título de pé de igualdade, Emiliano, Fulano e Beltrano não ousarão contra-irar Sicrano, Narciso ao contrário, aquele que escarra a própria cara no espelho. Um deles somos nós: agora é que vão elas! Desafia-te lux, douto Vampiririlâmpago: vostra vodka paródica, conviversa em prosa porosa, conta contagiosas fábulas rosas. Se não estou correto, que me corrijam os corretores de plantão. A palavra não é imóvel. Sendo assim, que nada fique debaixo dos panos. Castos, castrados e cadastrados foram os trevisanos.

Do cadafalso para as catacumbas, nunca vi aqui, joões e marias de sobrenomes estrangeiros, numa esquina sequer

dessa romópolis — oca de feras, casa de flores — uma macumba, um corcunda de Notre Dame, um Quasímodo caído, esperando quase moído sua Esmeralda, sempre em falta quando é preciso. Longe de ser profético, sei mais de mim que de outros, mas tem mais outros em mim que eu não sei. Ozirisguidum, Telêmacoteco, Polacobaco.

O borogodó no bucubufo do caterefofo no catiripapo. Libações aos deuses, rimas ao léu. Subtraídos somaremos.

cidades, cidades

cidades, cidades, cidades
onde enterro meu corpo diariamente
entre poderes, pudores e perplexidades

cavernas iluminadas por telas azuis
onde a luz da palavra não tem voz
o ruído, o alarido das ruas

cidades, cidades, cidades
que construo aos poucos
aqui onde me edifico

über_urbe

o homem
constrói
a cidade
reconstrói
o homem
a cidade encolhe
o lixo
a cidade espalha
o luxo
a cidade recolhe
o silêncio
a cidade metralha
o fastio
a cidade engole
a indiferença
a cidade congrega
o crime
a cidade amarga
o vício
à cidade se apega
e não larga
a cidade é o Outro

e é preciso saber lidar com o Outro
pois como ele existem muitos outros
andando de um lado para o outro
à procura de si mesmos
que minha solidão
te faça companhia
sem que destrua
a tua indiferença
sem que meu vazio
entrelaçado em ti
nos roube a plenitude
de nada ser

a cidade não é de quem foge,
mas de quem persegue
não é de quem sofre
mas de quem condena
a cidade se multiplica enquanto divide
e cabe inteira numa quarta-feira
solitude, temor e morte
amar custa dinheiro
não tem meio termo:
a cidade é toda ela
um grande puteiro

é a prostituta cujo asco
a noite, ávida de amor
                    tece
portanto, a cidade é o pranto,
a prece, o céu estilhaçado
na vidraça do prédio
a súplica arrependida
o templo onde perder-se
é também o caminho da Salvação
a palavra que se esconde em bocas e becos
o mergulho vertical do suicida
o grito contido no olhar de espanto
diante do labirinto
a biblioteca repleta de livros
escritos em língua estrangeira
enfim, a cidade é o que é
e o que é não é para sempre
não é o que se passa lá fora
mas o que acontece dentro
não é a coisa em si
mas a coisa em ti

o contrassenso:
a cidade
é o que eu penso.

cidade de curitibas

Não viajo todas as Curitibas (...)
- Dalton Trevisan, Em Busca da Curitiba Perdida, 1968

Curitiba mesmo são muitas

uma que é tua
        outra que é minha
uma que, à toa,
        se acha nas entrelinhas
outra que, tão bela,
        se joga pela janela
uma que diz que é dela
        o que já foi teu
outra que, cadela,
        de ti já esqueceu
uma que bate panela
        e no shoppping definha
outra que debate filosofia
        e na militância se alinha
uma que assalta
        outra que desfalca
uma que macho man
        outra que mulherzinha

uma que cuzão
  outra que bocetinha
uma que é permanente
  outra que é de repente
uma que ama
  outra que curra
uma que clama
  outra que escorre
uma que oblitera
  outra que coisifica
uma que vocifera
  outra que ressignifica
uma que fora da casinha
  outra que debaixo da marquise
uma que Gog e Magog
  outra que santander e van Gogh
uma que nem sempre
  outra que só de repente
uma que entrando na dança
  outra que fazendo o favor
uma que esperando Godot
  outra que tocando o terror
uma que qualquer semelhança
  outra que mera coincidência
uma que escancara
  outra que esconjura
Curitiba mesmo são muitas,
eu pouco.

noturno

curitiba
teu vampiro literato
assusta menos
que teus jovens iletrados
hábeis no manejo
de pistolas e punhais
deletérias sombras
a se deslocar siderados
por vias rápidas e vielas
não menos obscuras
    mas que dizes tu?
    é madrugada
    enquanto falas
    tiros e balas
    nos botam pra correr
eis que rompe a manhã
e continuamos a correr.

ditirambô

não se fazem mais poetas
como antigamente, ouvi dizer

não contasse eu tantos invernos
seduziria alguém de mais idade
faria temporada no inferno
(a walk on the wild side)

comporia versos putativos
desses que arengam putas&travestis
michês&polícias&lambisgóias
carregando todos
sua própria cruz machado

depois, abruptamente, sairia de cena
o resto dos dias entre nóias
nos fundos da catedral

até amputarem o poema.

numa estação tubo*

a visão desses rostos;
náufragos em um rio faminto,
vermelho
acelerado

** dáprés In a Station of the Metro, Ezra Pound*

dark city

da cidade que desenho
para meus próprio olhos
tudo é feito de augúrios
e premonição

zona cinza

nem Esparta nem Atenas,
Tebas

nem a espada nem a pena
pedras

e tretas filosofais

praça 29 de Março

como um poema
translúcido
a lâmina d'água
corta a pele do ar
mas não impede
a paisagem

de volta
a seu estado líquido
o olho acredita
novamente
no que vê

rua do rio

nessa rua passa um rio
um rio manso,
sem peixes nem queixas
um rio dervixe
à sombra de chorões
e outros lamentos

parábola de uma renúncia
metadejeto habitat concreto
de circunspectos desterrados
em livre trânsito
sobre águas paradas
observe com minúcia:
seu curso é menos hipótese
do que denúncia

nem prelúdio nem primícias
moças aos cântaros
aqui nunca vi

ile de france

Paris, Paris
mais qui mon chérie
mais qui c'est la vie

Paris, Paris
vemqui mon petit
flâneur por aí

ah oui ma chérie
alto que sou como a torre Eiffel
e tu, mais chic que Mme Channel

je suis désolé mon Baudelaire
coisa triste já ter que Voltaire
mais aqui não nos deixam entrar
nem pra comer nem pra dançar

Paris, Paris
mais qui mon chérie
mais qui c'est la vie

ai guria

de peso ínfimo
e fina silhueta

do alto
de seu sapatinho
de salto

avalia

o tanto
de petit pavê
a percorrer

curitiba
cidade modelo&atriz

haikus curitibanos

boca maldita
alguma verdade
ali já foi dita?

* * *

cavalo babão
punk bebum
barulho d'água

* * *

alto da XV
nesse trem
viaja ninguém

passeio público
o macaco na punheta
a putavelha a sorrir

* * *

cidade sorriso
em casa de amigo
só com prévio aviso

* * *

bigorrilho
debaixo da marquise
mora o andarilho

* * *

bairro das mercês
curitibano de prosa
com vizinho é poesia

e encerro aqui e arremesso ali esse maço que é remorso descompasso a passo fim que é também começo em desencontro aqui onde mais me desconheço vi e vivi máximas essas páginas mínimas que tudo enfim suma ou assuma a soma de tudo somado e assumido o assomo em suma mercê de novo recomeço sem tropeço meço e remeço este fim ou começo valha-me deus nesse amplo templo noia puta alegórica tudo vale na navalha vale tudo da última à primeira palavra da primeira à última linha da página microcosmo do universo recolho limalha de galáxias a ponto e vírgulas disperso migalhas ao longo da escritura escravo das palavras a quem pertenço teço minhas tramas ao avesso que escrever é ler e reler de trás pra radiante meus modos de ver sobrescrevo à maneira de outros sim mas digo porém que o que digo digo por experiência própria e espírito de aluguel

curitiba, outono de 2017

Quando foi rapidamente surpreendido pelo destino, o Marcelo dava os últimos retoques nos versos que ora publicamos, com a gentileza e editoria do Marcos Pamplona, talvez o maior amigo que o Marcelo teve.

A equipe preparou esse livro com nó na garganta. Marcelo foi o primeiro artista gráfico da Editora, realizando capas memoráveis.

A exposição das capas em tamanhos ampliados num salão de arte, sempre adiada para que entrasse aquela nova em que ele estava trabalhando, é uma dívida que não poderemos mais pagar.

Mais que artista e poeta, Marcelo foi um orientador da Kotter, que a ele deve desde a marca à identidade mesma da casa editorial.

Dizemos essas coisas da maneira mais simples e sincera, Marcelo, como forma de homenagear teu talento.

Sálvio Nienkötter

Marcelo De Angelis nasceu em Porto Alegre em janeiro de 1958. Formou-se em Comunicação Social pela UFRGS. Foi diretor de arte, artista plástico e poeta. Publicou "Inventário de rumores & quimeras" pela Contravento Editoral em 2016. Faleceu em Curitiba, cidade que adotou desde os anos 80, em agosto de 2018.

KOTTER
EDITORIAL

Impresso em papel pólen, 90g/m²
tipologia predominante Adobe Garamond Pro 12/15, no outono de 2019.